Brenhines *Ddu*

G
i

Llyfrgelloedd Sir Ddinbych - Denbighshire Librarie

5104

SYS

JWFIC   **£4.50**

PR

Cyhoeddwyd gan Gymdeithas Lyfrau Ceredigion Gyf.,
Blwch Post 21, Yr Hen Gwfaint, Ffordd Llanbadarn,
Aberystwyth, Ceredigion SY23 1EY.
Argraffiad Cymraeg cyntaf: Mawrth 2006
Hawlfraint y testun Cymraeg:
Cymdeithas Lyfrau Ceredigion Gyf. © 2006
Addasiad: Gwenllïan Dafydd
Cedwir pob hawl.

ISBN 1-84512-039-6

Cydnabyddir cymorth adrannau Cyngor Llyfrau Cymru.

Cyhoeddwyd drwy drefniant â
Random House Children's Books,
rhan o'r Random House Group Ltd.,
61–63 Uxbridge Road, London W5 5SA
Teitl gwreiddiol: *Black Queen*
Hawlfraint y testun gwreiddiol © Michael Morpurgo 2000
Hawlfraint y clawr a'r lluniau mewnol © Tony Ross 2000
Y mae hawl Michael Morpurgo i'w gydnabod
fel awdur y llyfr hwn wedi ei nodi ganddo yn unol â
Deddf Hawlfraint, Dylunwaith a Phatentau, 1988.
Argraffwyd gan Creative Print & Design Cymru,
Glynebwy NP23 5XW

Michael Morpurgo

addasiad Gwenllïan Dafydd

Brenhines Ddu

Lluniau gan Tony Ross

Pennod 1
PWT YN MYND AR GOLL

O bob tŷ ym mhob stryd yn y wlad, roedd yn rhaid inni symud i Rif 23, Gerddi Llywelyn, yn doedd? Byddai Rhif 24 wedi bod yn iawn; ond na, roedd yn rhaid inni fynd i fyw i Rif 23, yn union drws nesaf i Rif 22, a dyna i chi beth oedd helynt – helynt a hanner.

Ar y dechrau, roedd popeth fel petai'n berffaith. Edrychai Rhif 23 ychydig yn hen o'r tu allan, ac wedi mynd â'i ben iddo braidd. Ond fel y dywedodd Mam wrth inni symud – ac roedden ni i gyd yn cytuno – roedd y tŷ wedi'i wneud ar ein cyfer, yn dŷ delfrydol inni.

Am y tro cyntaf yn fy mywyd doedd dim rhaid i mi rannu ystafell â Rhiannon, fy chwaer fach chwech oed. Roedd gennym gymaint o le rŵan ar ôl gorfod byw mewn fflat ar y pedwerydd llawr a dim ond dwy ystafell wely ynddi. Roedd gan Dad ei ystafell ei hun i osod ei drac trên. (Mae o wedi mopio'i ben ar drenau.) Gallem adael y bwrdd gwyddbwyll allan yn ddiogel, ar ganol gêm. (Mae pob aelod o'n teulu ni wrth ei fodd â gwyddbwyll, gan gynnwys Rhiannon.) Roedd gan Mam hithau ei hystafell ei hun ar lawr uchaf y tŷ er mwyn iddi gael arlunio. (Mae hi wedi gwirioni ar arlunio, a darllen.) Roedd gennym hyd yn oed ystafell yn y seler ar gyfer Nain, er mwyn iddi gael llonydd pan ddôi i aros. Ond y peth gorau un am y tŷ oedd yr ardd – gardd fawr braf ac ynddi goeden afalau anferth y gallech ei dringo, pwll bach a physgod aur ynddo, a sièd bren racslyd.

Yn syth bìn daeth y sièd yn rhywle imi ddianc iddo, yn lle i mi hel meddyliau, pwdu a chael llonydd. Roedd yn gas gan Rhiannon y lle. (Mi wnes i'n siŵr o hynny. Mi ddywedais wrthi fod pryfaid cop yno, ac mi oedd yna rai hefyd – llwyth o rai enfawr a heglog.) Fyddai hi byth yn fy mhoeni yn fy sièd, ac roedd hynny'n fy siwtio i'r dim. Roeddwn i'n hapus tu hwnt. Roedd gen i gartref newydd, bywyd newydd bron â bod, ac roedd holl wyliau'r haf yn ymestyn yn braf o'm blaen. Ac roedd Rhiannon yn hapus hefyd. Roedd ganddi hi Pwt.

Pwt oedd cwningen fawr lwyd Rhiannon, un â chlustiau hir a chynffon gwta wen. Roedd Rhiannon wedi colli'i phen yn lân arni, ac mae'n siŵr fod Pwt yn meddwl ei bod wedi cyrraedd nefoedd y cwningod ers inni symud. Yn y fflat bu'n rhaid iddi fyw mewn hen gwt bach drewllyd yn yr ystafell golchi dillad, y drws nesaf i'r peiriant swnllyd. Doedd hi erioed wedi gweld glaswellt o'r blaen, dim ond carpedi. Rŵan roedd ganddi'r ardd i gyd i grwydro ynddi. Gallai bori hynny o laswellt ag y mynnai, tyllu yn y gwelyau blodau a sboncio hyd y lle fel mae cwningod i fod i'w wneud. Treuliai Rhiannon ei hamser i gyd yn yr ardd yn sboncio ar ei phedwar gyda Pwt. Pawb at y peth y bo, debyg. Ta waeth am hynny, roedd hi'n hapus yn sboncio; roedd y tŷ i gyd yn hapus – tan y bore hwnnw, ryw wythnos ar ôl inni symud i mewn, pan ddiflannodd Pwt.

Roedd y ddwy ohonyn nhw wedi bod yn chwarae yn yr ardd yn ôl eu harfer, pan redodd Rhiannon i'r tŷ i gael llymaid i yfed. Pan aeth yn ôl allan eto doedd Pwt ddim yno. Roedd hi wedi mynd, wedi diflannu'n llwyr. Ar ôl inni chwilio amdani yn yr ardd, aethon ni i'r tŷ a chwilio ym mhob twll a chornel o'r top i'r gwaelod. Doedd dim sôn amdani. Ac roedd Rhiannon yn nadu a nadu: 'Wna i byth ei gweld hi eto. Byth bythoedd! Dwi'n gwybod na wna i ddim!'

Allai neb na dim ei hatal rhag beichio crio.

Penderfynais fynd allan i'r ardd eto i gael un cip arall, a daeth Dad gyda mi. Dyna pryd y daeth o hyd i'r twll o dan y ffens yng ngwaelod yr ardd y tu ôl i fy sièd. Edrychai'r twll fel petai newydd ei dyllu. Sgrialodd y ddau ohonon ni i edrych dros y ffens i ardd Rhif 24 i weld a oedd Pwt wedi mynd y ffordd honno.

Roedd Mrs Jones – roedden ni wedi'i chyfarfod hi y diwrnod y symudon ni i mewn – y tu allan yn rhoi dillad ar y lein yn ei sliperi gwyrdd blewog. Nag oedd, meddai, gan dynnu'r pegiau dillad o'i cheg, nag oedd, doedd hi ddim wedi gweld cwningen, ond byddai'n siŵr o ddweud wrthyn ni petai'n gwneud.

Felly dyma ni wedyn yn edrych dros y ffens i ardd Rhif 22. Dim sôn am Pwt yn fan'no chwaith. Ond wedi dweud hynny, byddai wedi bod braidd yn anodd ei gweld hi yn yr ardd honno, oherwydd roedd y lle wedi tyfu'n wyllt. Roedd gardd Rhif 22 fel jyngl. Y cyfan y gallwn ei weld oedd cwch gwenyn a haid o wenyn yn hedfan o gwmpas yn swnllyd, hen adfail o sièd, rowlar rhydlyd yn pwyso yn erbyn y ffens, a chath ddu yn eistedd ar ben deial haul yn syllu arna i â'i llygaid gwyrdd.

Roeddwn i am ddringo drosodd yn syth i weld a allwn i ddod o hyd i Pwt, ond anghytunai Dad. Gwyddem fod yna Mrs Carter yn byw yn Rhif 22 – dywedodd

Mrs Jones gymaint â hynny wrthyn ni – ond doedden ni ddim wedi'i gweld hi eto, heb sôn am ei chyfarfod. 'Allwn ni ddim jest mynd i mewn ar ein pennau fel'na, Bryn,' meddai Dad. 'Well inni ofyn gynta. Rhaid i rywun fynd rownd i'r drws ffrynt.'

'Mi a' i,' dywedais. Dwi ddim yn gwybod pam y cynigiais i fynd, ond cynnig wnes i.

A dyna sut y ces i fy hun yn dringo'r grisiau at stepen drws Rhif 22 y pnawn hwnnw. Roedd yn beth rhyfedd iawn, ond rywsut neu'i gilydd gwyddwn unwaith y canwn i'r gloch y byddwn yn dechrau rhywbeth na allwn mo'i stopio. Doedd arna i ddim ofn fel y cyfryw, ond rhaid cyfaddef fy mod ar bigau'r drain. Gallwn glywed Rhiannon yn crio. Doedd gen i ddim dewis. Allwn i mo'i siomi, ddim rŵan.

Clywais y gloch yn atseinio drwy'r tŷ. Arhosais, ond ddaeth neb. Canais y gloch eto. Neb. Camais i lawr o'r stepen, gan

fynd i lawr gris neu ddau, a syllu i fyny.
Edrychai'r tŷ yn wag. Ond gallwn glywed
sŵn cerddoriaeth yn dod ohono. Roedd y
llenni i gyd wedi'u tynnu, ond yna, yn
un o'r ffenestri lawr grisiau, crynodd
un ohonon nhw – rwy'n siŵr o hynny.
Ac nid dyna'r unig beth oedd yn crynu,
coeliwch chi fi. Petawn i'n berson call mi
fuaswn wedi ei heglu hi oddi yna, ond
am ryw reswm wnes i ddim. Clywais sŵn
traed. Gwelais gysgod yn dod tuag ataf
y tu ôl i'r drws gwydr barugog. Clywais
folltiau'r drws yn cael eu tynnu ar agor,
a goriad yn troi yn y clo. Yn araf deg, yn
echrydus o araf, agorodd y drws.

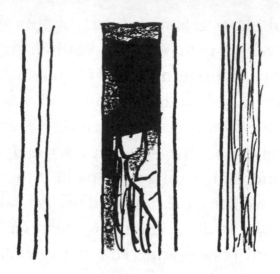

Pennod 2
BRENHINES DDU

'Ie?' Roedd y llais yn un rhyfedd, yn ddwfn a chryg, yn ddim byd tebyg i unrhyw lais a glywais erioed o'r blaen. Dim ond cil y drws oedd wedi agor, a'r cyfan y gallwn ei weld oedd pâr o sbectol. 'Ie, beth wyt ti eisiau?'

'Dwi'n byw drws nesa,' dechreuais. Roedd fy ngheg mor sych, prin y gallwn yngan gair. 'Dwi newydd symud i fyw yno.'

'Wel?'

'Mae . . . mae'n . . . Tybed gawn ni ddringo dros y ffens i'ch gardd chi? Ryden ni wedi colli'n . . .'

'Pêl-droed, ie?' Roedd hi'n swnio fel dysgwraig, ac roedd ganddi acen Americanaidd hefyd. Doedd y llais ddim yn un cyfeillgar iawn.

'Nage,' atebais. 'Cwningen.'

'Cwningen! Wyt ti'n dweud wrtha i fod cwningen wedi neidio dros y ffens i fy ngardd gefn? Mae gen ti gwningen a hanner!' Ac yn sydyn trodd y llais cryg yn chwerthiniad bach main. 'Beth wnaeth hi? Neidio drosodd â pholyn? Defnyddio trampolîn? Beth?'

Wrth i mi geisio esbonio sut roedd Pwt wedi tyllu'i ffordd allan, agorodd y drws fymryn yn lletach, digon i mi weld mwy o'r wraig. Edrychai fel petai wedi'i gorchuddio â chôt hir ddu, a gwisgai het ddu ag ymylon llipa a oedd yn cysgodi'i hwyneb. Ond gallwn weld ei llygaid yn glir drwy'i sbectol. Roedden nhw'n gwibio yma ac acw'n nerfus wrth inni siarad; un munud yn syllu i fyw fy llygaid, a'r munud nesaf yn edrych dros fy ysgwydd i'r stryd.

Roedd hi'n amlwg am gael gwared ohonof cyn gynted ag y gallai. 'Gwranda,' meddai, wrth i'r ddrws ddechrau cau unwaith eto, 'tydw i ddim eisiau neb yn busnesa yn fy ngardd i, iawn? Ti na neb

arall. Mi af i chwilio am y gwningen fy hun. Nawr, cer adref. Cer o'ma.'

Camais wysg fy nghefn i lawr y grisiau. Roeddwn wedi mynd trwy'r giât ac yn sefyll yn y stryd pan waeddodd arnaf, 'Hei, fachgen!' Roedd y drws wedi agor ryw ychydig eto. 'Doeddwn i ddim yn meddwl bod yn gas. Y gwenyn, ti'n gweld.

Tydw i ddim eisiau i ti ddod mewn i'r ardd gan fod y gwenyn yno. Maen nhw'n hen wenyn mileinig. Ac os na fyddan nhw'n dy gael di, bydd yr hen gath flin yna sy gen i yn siŵr o wneud. Tydi Begw ddim yn hoff iawn o bobl ddieithr. Rhywbeth tebyg i fi. Gwranda, os dof o hyd i dy gwningen, mi ddywedaf wrthyt ti – rwy'n addo.' Caeodd y drws.

Es adref. Doeddwn i ddim yn gwybod beth i'w feddwl ohoni. Un munud roedd hi'n fy nychryn, a'r munud nesaf roedd hi'n chwerthin yn wirion. Un munud yn glên i gyd, a'r munud nesaf yn ddigon cas.

Buom i gyd yn brysur weddill y diwrnod yn gosod arwyddion
CWNINGEN AR GOLL
ar bob polyn lamp,
ym mhob
ffenest siop
ac ym mhob
arhosfan bws,
gan roi ein rhif

CWNINGEN
AR GOLL
Os gwelwch hi
ffoniwch: 04711189

ffôn rhag ofn i rywun ddod o hyd iddi. Ond ffoniodd neb. Mi holon ni o un pen y stryd i'r llall, ym mhob man, ond doedd neb wedi gweld Pwt.

Amser swper y noson honno, tra oedd pawb arall â'u pen yn eu plu wrth feddwl am Pwt, allwn i ddim peidio siarad am y ddynes mewn du yn Rhif 22. 'Roedd hi'n od, yn od iawn,' dywedais wrthyn nhw. 'Yn gwisgo du i gyd, 'chi.'

'Brenhines Ddu,' meddai Dad. 'Ei henw iawn yw Mrs Carter, wrth gwrs, ond mae pawb yn ei galw'n Frenhines Ddu – yn ôl Mrs Jones drws nesaf, beth bynnag. Bobol bach, mae Mrs Jones wrth ei bodd yn hel clecs, yn tydi? Dwi'n cael hanes pawb ganddi. Mae'n debyg mai dim ond yn ddiweddar y symudodd Mrs Carter i fyw yma, a rhentu'r tŷ y mae hi. Ffroenuchel ydi hi braidd, meddai Mrs Jones, ac yn ddigon sych. Mae hi wastad yn gwisgo du – côt fawr hir, het fawr ddu. Byth yn siarad â neb. Mae'n mynd allan i gerdded ar y comin, ond dim ond gyda'r nos. Anaml iawn y gwelwch hi allan yn ystod y dydd.'

'Fel ystlum,' oedd fy ateb parod i. 'Fel fampir, fel gwrach. Ac mae ganddi gath ddu hefyd. Gwrach! Efallai ei bod yn wrach go-iawn.'

Ar hynny dechreuodd dagrau Rhiannon ddiferu i mewn i'w swper unwaith eto, ac edrychodd Mam yn gas ar Dad a finnau wrth iddi geisio'i chysuro.

Gwnaeth y ddau ohonon ni ein gorau glas wedyn i godi'i chalon, gan gywilyddio am ei dychryn.

'Paid â phoeni, blodyn,' meddai Dad. 'Bydd Pwt yn iawn.'

'Wedi mynd am dro bach mae hi, mae'n siŵr,' ychwanegais innau. 'Bydd hi'n ôl fory, gei di weld.'

Ond doedd neb ohonon ni wir yn coelio hynny, gan gynnwys Rhiannon. Cuddiodd ei phen yng nghôl Mam a beichio crio.

Pennod 3
CAWL CWNINGEN

Erbyn amser cinio drannoeth doedd dal ddim sôn am Pwt. Roeddwn i gartre ar fy mhen fy hun. Roedd pawb arall wedi mynd i siopa i godi calon Rhiannon – mae hi wrth ei bodd yn siopa. Yn yr ardd oeddwn i, yn ceisio trwsio'r tsiaen ar fy meic, pan glywais lais yn gweiddi.

'Hei, ti! Hei, fachgen!' Hi oedd yno! Mrs Carter! Y Frenhines Ddu! Roedd hi'n craffu arnaf dros y ffens yn ei het ddu â chantel lydan, ac yn gwenu. Yna, fel consuriwr, dyma hi'n dangos cwningen – Pwt – gan afael ynddi gerfydd ei gwar a'i chodi dros y ffens ataf. 'Hon ydi dy gwningen di?' holodd. 'Wyt ti eisiau hi?'

Cael a chael oedd hi, ond roeddwn i jest yn ddigon tal i allu estyn i gymryd Pwt oddi arni. 'Ble daethoch chi o hyd iddi?' gofynnais, gan ei magu yn fy mreichiau.

'Eistedd yn ddel yng nghanol yr ardd oedd hi. Roedd Begw'r gath yn edrych i fyw ei llygaid. Rwy'n credu fod Begw wedi'i dychryn wrth geisio'i hypno-teiddio hi. Ond paid poeni. Wnaeth hi mo'i chyffwrdd. Mae hi'n hollol iawn.'

'Diolch,' dywedais, gan osod Pwt i lawr ar y glaswellt. 'Diolch yn fawr.'

'Mae honna'n gwningen ddel ar y naw. Edrycha di ar ei hôl hi. Dwyt ti ddim eisiau iddi fod mewn cawl cwningen, wyt ti?'

Clywais hi'n chwerthin wrth iddi gerdded i ffwrdd, a'i thraed yn siffrwd drwy'r glaswellt tal.

Am sefyllfa ryfedd. Dyma'r ail dro i mi gyfarfod y Frenhines Ddu, a doedd dal 'run syniad gen i sut un oedd hi o dan yr het fawr lydan yna.

Roedd ganddi wallt hir, du – sylwais i gymaint â hynny. Ond pam roedd hi'n gwisgo'r het yn y tŷ yn ogystal â thu allan? A pham oedd hi wastad yn gwisgo du fel petai hi newydd fod mewn cynhebrwng?

Pan ddaeth pawb adre, roeddwn i'n eistedd ar y soffa a Pwt yn gorwedd yn fy ymyl a'i choesau yn yr awyr – roedd hi yn ei seithfed nef yn cael cosi'i bol. Gwasgodd Rhiannon hi mor dynn nes ei bod prin yn gallu anadlu, cyn gwneud yr un fath i mi. Dywedais wrthyn nhw mai'r Frenhines Ddu oedd wedi dod o hyd i Pwt, nid fi, ond daliai Rhiannon i 'ngwasgu a 'nghusanu a dweud mai fi oedd y brawd gorau erioed. Amser te ces i fwy o hufen iâ na neb arall. Roedd hi'n braf bod yn arwr, yn brofiad gwerth chweil.

Yn ddiweddarach y noson honno roedd Rhiannon i fyny'r grisiau yn chwerthin ac yn sgrechian yn y bath. Roedden ni i gyd yn meddwl bod Pwt yn ddiogel yn ei chwt, ac roeddwn innau wrthi'n llenwi'r twll o dan y ffens – syniad Mam – i'w rhwystro rhag dianc eto. Dwi ddim yn gwybod beth wnaeth i mi edrych. Chwilfrydedd, debyg. Dringais i ben y ffens ac edrych drosodd i ardd y Frenhines Ddu. Roedd Begw'n eistedd ar y deial haul, ei chynffon yn chwifio. Roedd hi'n rhythu ar rywbeth yn ymyl y cwch gwenyn. Pwt! Gallwn weld gwyn ei chynffon yn y glaswellt. Rywsut, roedd hi wedi dianc – eto.

Edrychai Rhif 22 yn dywyll. Dim goleuadau i'w gweld, y llenni wedi'u tynnu. Dim cerddoriaeth. Dim sôn am neb. Efallai fod y Frenhines Ddu wedi mynd allan. Doedd arna i ddim llawer o awydd mynd drosodd i'w gardd, ddim ar ôl yr hyn a ddywedodd hi am Begw ac am y gwenyn. Ond wedyn roedd y

Frenhines Ddu wedi dweud yn hollol glir
nad oedd hi'n hoffi pobl yn tarfu arni,
felly doeddwn i ddim am fynd i guro ar ei
drws unwaith eto. Wyddwn i ddim beth
i'w wneud. Yn sydyn llamodd Begw i lawr
o'r deial haul. Gwyliais hi'n nadreddu
drwy'r glaswellt tuag at Pwt. Doeddwn
i ddim yn gwybod a allai cathod ladd
cwningod ai peidio, ond doeddwn i ddim
am aros i weld. Sgrialais dros y ffens,
yna sgathru i lawr yr ochr arall. Neidiais
drwy'r glaswellt tal, gan gadw mor isel
ag y gallwn.

Pan welodd Begw fi'n dod, crymodd ei chefn a chodi'i chynffon i'r awyr fel brws potel. Ni redodd i ffwrdd, dim ond sefyll yno'n poeri'n gandryll arnaf.

Eisteddai Pwt fel delw yn y glaswellt, un ai mewn ofn neu wedi'i hypnoteiddio'n llwyr – wyddwn i ddim pa un. Erbyn hyn roeddwn i'n ymwybodol o'r gwenyn yn suo uwch fy mhen. Roedd yn rhaid i mi fod yn gyflym. Plygais i lawr, ac roeddwn ar fin gafael yn Pwt pan laniodd un o'r gwenyn ar gefn fy llaw a'i phigo.

Eisteddais ar y llawr a siglo'n ôl a blaen mewn poen am ychydig, gan fwytho fy llaw. Yn sydyn disgynnodd cysgod drosof. Edrychais i fyny. Rhewodd fy ngwaed. Roedd y Frenhines Ddu yn edrych i lawr arnaf, gan gysgodi'r haul. Yna aeth ati i fy helpu i godi ar fy nhraed.

'Wnaeth un ohonyn nhw dy bigo di?'

gofynnodd. 'Mi wnes i dy rybuddio di, yn do? Gwenyn cas ydyn nhw.'

Cododd y Frenhines Ddu fy llaw ac edrych arni'n ofalus, ac am y tro cyntaf gallwn weld ei hwyneb yn iawn. Roedd hi'n llawer iau nag yr oeddwn wedi'i feddwl. Doedd hi ddim yn hen o gwbl, tua chanol oed, ond oherwydd ei llais a'i dillad roeddwn i wedi credu ei bod yn llawer, llawer hŷn. Melfed oedd yr het gantel lydan, a'r gôt hefyd.

'Tyrd i'r tŷ,' meddai. 'Mae angen gwella'r hen bigiad yna. Well i ti ddod â dy gwningen gyda ti hefyd.'

Rhaid 'mod i'n edrych mor anfodlon ag yr oeddwn yn teimlo.

'Wna i ddim dy fwyta di, fachgen,' meddai eto, 'a tydw i ddim yn mynd i fwyta'r gwningen chwaith. Mae'n gas gen i gawl cwningen, i fod yn onest.'

Felly, gan gario Pwt, dyma fi'n dilyn y Frenhines Ddu i fyny'r grisiau i dywyllwch y tŷ. Y cyfan oedd yn mynd drwy fy meddwl oedd: paid â gwneud hyn, mae hyn yn wirion bost. Ond rywsut allwn i ddim peidio. Roedd hi bron iawn fel petawn yn cael fy arwain i fyny'r grisiau gan ryw law anweledig, fel petawn i wedi fy swyno gan ryw hud a lledrith.

Pennod 4
GWELLA

Y peth cyntaf y sylwais arno oedd arogl coffi. Ni ddywedodd hi fawr ddim ar y dechrau. Aeth â fi i'r gegin a dweud wrtha i am eistedd wrth y bwrdd. Llanwodd bowlen â dŵr oer, gollwng dwsinau o ddarnau o rew ynddi ac yna gafael yn fy llaw a'i throchi yn y dŵr rhewllyd. Yna trodd y chwaraeydd cryno-ddisgiau ymlaen, a llanwyd yr ystafell â cherddoriaeth.

'Mae'n rhaid i ti gadw dy law dan y dŵr,' meddai. 'Wnaiff hi ddim chwyddo wedyn. Gwranda ar y gerddoriaeth. Mae cerddoriaeth wastad yn helpu. Wyt ti eisiau Coke?'

Roedd y Coke yn oer iawn hefyd. Roedd popeth yn daclus ac yn ei le yn y gegin, dim byd tebyg i'n tŷ ni. Roedd fel petai neb yn byw yma bron iawn. Yna gwelais y byrddau gwyddbwyll. Roedden nhw ym mhobman, wedi'u gosod ar y waliau fel lluniau, yn pwyso yn erbyn y seidbord. Dim ond byrddau gwyddbwyll, dim byd arall. Roedd pob un ohonyn nhw'n wahanol – rhai marmor, rhai pren, pob math o fyrddau. Doedd dim darnau, dim brenhinoedd, dim breninesau, dim marchogion, dim cestyll – dim ond y byrddau. Am ryfedd!

'Byrddau fy mab ydyn nhw,' meddai. 'Fo biau bob un. Mae o'n eu casglu. Gallet ti ddweud ei fod wedi colli'i bwyll ynghylch gwyddbwyll.' Chwarddodd yn ysgafn. 'Wyt ti'n chwarae?' gofynnodd.

'Ryden ni i gyd yn chwarae,' dywedais wrthi. 'Mae fy nhad wrth ei fodd â'r gêm. Mae'n dweud mai dyna'r gêm orau yn y byd – mae'n dda i'r ymennydd, yn eich helpu i feddwl. Dwi'n gallu curo Rhiannon a Mam bob tro. Ond tydw i erioed wedi curo Dad, chwaith.'

'Felly dwyt tithau ddim yn dy lawn bwyll lle mae gwyddbwyll yn y cwestiwn,' meddai, gan wenu arnaf. 'Beth ydi dy enw di?' holodd.

'Bryn.'

'Helô, Bryn,' gwenodd, a gwenais innau'n ôl. Roeddwn i'n dechrau'i hoffi hi. Gofynnodd bob math o gwestiynau amdana i a fy nheulu – o ble roedden ni wedi dod, i ba ysgol roeddwn i'n mynd – a thrwy gydol yr amser gallwn deimlo'i llygaid arnaf, fel petai'n fy narllen fel llyfr. Bob hyn a hyn cymerai gip cyflym i weld beth oedd hanes fy llaw. 'Mae'n gas gen i'r gwenyn niwsans yna,' meddai. 'Tyden nhw ddim byd i'w wneud â fi. Dod efo'r tŷ wnaethon nhw. Dim ond rhentu'r lle ydw i. Rydw i wedi gofyn gant a mil o weithiau i gael gwared â nhw ond does neb am wneud. Ond o leia rwyt ti wedi cael gwared ag un ohonyn nhw i mi. Maen nhw'n marw, wyddost ti. Os yw gwenynen yn dy bigo, mae'n marw. Wyddet ti hynny?'

Wyddwn i ddim. Pan gododd y Frenhines Ddu fy llaw o'r dŵr ar ôl sbel, dwi'n meddwl ei bod hi'n gwybod y cyfan oedd i'w wybod amdana i. Ond dim ond ychydig, os unrhyw beth, y gwyddwn i amdani hi o hyd.

'Dyna ni,' meddai, gan roi fy llaw yn ôl i mi. 'Mae hi wedi gwella rŵan.' Roedd hi'n iawn. Prin bod marc o gwbl ar fy llaw, ac roedd y boen i gyd wedi mynd. Roedd yn anhygoel!

Roedden ni ar ein ffordd allan o'r tŷ pan deimlais law ar fy ysgwydd. 'Bryn,' meddai. 'Rydw i wedi bod yn meddwl. Efallai mai ti yw'r ateb i fy ngweddïau. Fyddet ti'n hoffi fy helpu? Dim byd mawr, rwy'n addo. Y peth ydi: drennydd rwy'n mynd adre i Efrog Newydd am ryw bythefnos. Mae'n rhaid i mi fynd i weld fy

mab, yr un sy'n hoffi gwyddbwyll. Mae'n rhaid i mi fynd i'w weld; ond alla i ddim os na chaf rywun i warchod Begw.'

'Gwarchod Begw?'

'Ei bwydo hi, cadw llygad arni. Pethau felly. Fyddet ti'n fodlon gwneud hynny i mi? Gallwn ei rhoi mewn cartref cathod, ond fuaswn i ddim yn teimlo'n hapus yn gwneud hynny. Byddai'n casáu cael ei chau i mewn yno. Byddai'n torri'i chalon a marw, rwy'n sicr o hynny.'

'Ie, iawn,' dywedais.

Ai'r syniad o dalu cymwynas yn ôl a wnaeth i mi gytuno mor rhwydd? Ar y pryd, wyddwn i ddim beth fyddai'r cyfan yn ei olygu ond roeddwn ar fin cael gwybod.

'Rwyt ti'n hen fachgen iawn, Bryn,' meddai'r Frenhines Ddu, wrth inni fynd i lawr y grisiau i'r ardd. 'Ond mae yna un broblem fach. Fel y dywedais wrthyt ti, tydi Begw bigog ddim yn rhy hoff o ddieithriaid. Mae hi ychydig yn wyllt, debyg. Fi ydi'r unig berson yn yr holl fyd sy'n gallu cyd-dynnu â hi. I fod yn onest, mae ganddi chwilen yn ei phen amdana i braidd. Mae'n casáu pawb arall, ond yn fy hanner addoli i. Felly os wyt ti'n mynd i'w bwydo i mi, bydd yn rhaid i ti esgus mai fi wyt ti. Fel arall, rhedeg i ffwrdd i rywle wnaiff hi ac wedyn, wrth gwrs, fydd hi ddim yn cael tamaid o ddim byd i'w fwyta. Wyt ti'n meddwl y gelli di wneud hynny, Bryn?'

'Be ydech chi'n feddwl?' gofynnais.

'Wel,' meddai, 'bydd yn rhaid i ti swnio rhywbeth yn debyg i fi. Ac wrth gwrs bydd yn rhaid i ti edrych yn debyg i fi hefyd.'

'Gwisgo fel chi, ydech chi'n feddwl?' Allwn i ddim credu'r hyn roedd hi'n gofyn i mi ei wneud.

'Wel, mi weithiodd yn iawn y tro diwethaf. Daeth ffrind i mi draw am sbel, pan oeddwn i'n dioddef o'r ffliw. Y cyfan wnaeth ef oedd gwisgo fy het a fy sbectol ac yna galw ar Begw yn union yr un ffordd ag yr ydw i'n ei wneud. Sylwodd Begw ddim ar y gwahaniaeth. Byddai'n rhedeg am ei bwyd yn hollol gyfeillgar.'

'Dwn i'm . . .' meddwn.

'Mi fyddi di'n iawn,' aeth yn ei blaen. 'Dim ond unwaith y dydd am rai dyddiau, am bythefnos efallai. Wnei di?'

Roeddwn yn ei chanol hi rŵan, a wyddwn i ddim sut i ddod allan ohoni. 'O'r gorau,' atebais yn wan.

Rhoddodd ei llaw ar fy mhen a chwalu rhyw fymryn ar fy ngwallt. 'Mi wyddwn dy fod ti'n hen fachgen iawn. Gallwn weld hynny yn dy lygaid y tro cynta inni gyfarfod – dyna'r math o blentyn y gallwn i ymddiried ynddo, meddyliais. Does ond rhaid i mi edrych yn llygaid rhywun ac rwy'n gwybod yn union beth sy'n mynd trwy'u meddyliau nhw, a

beth maen nhw'n mynd i'w wneud nesa.'
Roedd hi'n dechrau codi ofn arnaf eto.

'Ond y peth ydi, Bryn,' meddai, a'i llais
yn tawelu fel petai'n rhannu cyfrinach.
'Tydw i ddim eisiau i neb yn y stryd
wybod fy mod i wedi mynd, a dy fod
ti'n bwydo'r gath i mi. Os bydd y stori'n
mynd ar led bod y lle'n wag, daw lladron
a fandaliaid yma, yn siŵr i ti. Felly ti
fydd yr unig gymydog fydd yn gwybod
nad ydw i yma. Neb arall, iawn? Wyt ti'n
clywed? Well i ti beidio dweud dim byd
wrth neb. Ein cyfrinach fach ni fydd hi.'

Nodiais fy mhen.

'Wyt ti'n addo?'

'Dwi'n addo,' dywedais,
ac yn syth bìn dyma fi'n
difaru gwneud. Mewn
picil, chwiliais am
ffordd o ddianc, ffordd
o beidio gorfod gwneud
hyn, unrhyw ran ohono.
'Beth am y bwyd i'r gath?
Beth am y dillad?'

Roedden ni tu allan yn yr ardd erbyn hyn. Plygodd i lawr a chodi pot blodau gwag yn ymyl y deial haul. 'Mi adawaf yr allwedd fan hyn, Bryn. Fydd hynny'n iawn? Wedyn gelli di agor drws y tŷ dy hun. Bydd ei phowlen a'r holl fwyd cath y bydd ei angen arnat wedi'u gadael ar fwrdd y gegin, a theclyn agor tun yn eu hymyl. Bydd ychydig o laeth yn yr oergell. Pan fydd hwnnw wedi gorffen, rho ddŵr iddi. Bydd hi'n iawn. Mae gen i hen gôt a hen het wnaiff y tro. Bydd y rheiny yn y gegin i ti hefyd. Rydw i'n ei bwydo yn y fan yma. Tyrd i lawr y grisiau gan daro'r bowlen â'r llwy, a galw arni fel hyn: "Beg Beg Begw! Beg Beg Begw!" Mi ddaw hi, dim problem. Ond paid byth â gadael iddi fynd mewn i'r tŷ, iawn? Yn y lle cynta mae hi wrth ei bodd yno, a chei di byth mohoni allan eto. Yn ail, mae hi'n tynnu ar fy llenni a'u rhwygo'n ddarnau; ac yn drydydd, mae hi'n gadael anrhegion bach ar ei hôl – rwyt ti'n gwybod be dwi'n feddwl.'

Oeddwn. Ond y gath oedd y peth roeddwn i'n poeni leiaf yn ei gylch wrth i mi redeg i lawr i waelod yr ardd i ddringo'n ôl dros y ffens. Roeddwn i am ei heglu hi oddi yno cyn iddi ofyn i mi wneud rhywbeth arall. Roeddwn eisoes wedi addo cadw  cyfrinach nad oeddwn am ei chadw, gwisgo fel rhyw hen wrach wallgof, *a* bwydo cath nad oeddwn i yn ei hoffi.

'Hei, Bryn,' galwodd ar fy ôl, 'wyt ti wedi anghofio rhywbeth?'

Am eiliad doedd gen i ddim syniad am beth roedd hi'n sôn. Yna gwelais Pwt yn sboncio tuag ataf drwy'r glaswellt tal. Plygais i'w chodi.

Roedd y Frenhines Ddu yn chwerthin. 'Y diwrnod ar ôl fory, Bryn. Paid ti anghofio nawr.'

Anghofio? Biti na allwn i.

Pennod 5
BOD YN WRACH

Gorweddais yn fy ngwely'r noson honno
yn methu'n lân â chysgu. Po fwyaf y
meddyliwn am yr hyn roeddwn wedi
cytuno i'w wneud, mwyaf dychrynllyd
yr âi. A beth am y Frenhines Ddu ei
hun? Pwy yn y byd oedd hi? *Beth* oedd
hi? Allwn i ddim
peidio â meddwl
y gallai wir fod
yn rhyw fath o
wrach. Roedd y
pwerau ganddi
yn sicr. Onid
oedd hi wedi
gwella fy llaw

ar ôl i'r wenynen fy mhigo? Onid oedd hi wedi fy hudo i addo gwneud pob math o bethau nad oeddwn am eu gwneud? Ar y gorau roedd hi'n rhyfedd; ar y gwaethaf – dechreuais grynu wrth feddwl am y peth.

Drwy gydol y diwrnod canlynol, bûm yn pendroni tybed a ddylwn i ddweud y cyfan wrth Mam ai peidio; dweud wrthi am y Frenhines Ddu a'r hyn roedd hi wedi gofyn i mi ei wneud. Ond ddywedais i 'run gair. I fod yn onest, nid oherwydd fy mod wedi addo peidio dweud dim, ond oherwydd fod gen i ryw syniad yn fy mhen – ac mi wn ei fod yn swnio braidd yn ddwl – y gallai'r Frenhines Ddu wneud rhywbeth ofnadwy i mi petai hi'n dod i wybod. Efallai y byddai'n fy nhroi'n wenynen. Efallai fod yr holl wenyn yna yn eneidiau dan swyn, wedi'u cosbi ganddi a'u condemnio i fyw gweddill eu bywyd yn y cwch gwenyn yng ngwaelod ei gardd. Roedd fy meddwl yn ferw gwyllt gan ofn. Roeddwn yn torri 'mol eisiau dweud wrth bawb, a'r noson honno bu ond y dim i mi wneud hynny.

Ar ôl swper roeddwn yn chwarae gwyddbwyll gyda Dad. Roedd Rhiannon yn ein gwylio, ac yn symud o gwmpas yn aflonydd fel arfer. Allwn i ddim canolbwyntio, ond nid bai Rhiannon oedd hynny. Bob tro yr edrychwn ar y frenhines ddu ar y bwrdd gwyddbwyll crwydrai fy meddwl yn ôl i Rif 22. Tybed pam roedd ganddi gymaint o fyrddau

gwyddbwyll yno? A pham cael byrddau heb y darnau? A oedden nhw'n rhan o ryw ddefod ddirgel ac arswydus y byddai gwrachod yn ei chynnal?

Llwyddodd Dad i fy nghuro, drwy fy nghael i siachmat, mewn deng munud.

'Mae dy feddwl di'n bell, Bryn bach,' meddai. 'Oes rhywbeth yn bod? Dwyt ti ddim yn edrych yn rhy dda.'

Dylwn i fod wedi dweud rhywbeth. Daeth y cyfle, ond ddywedais i ddim byd. 'Dim awydd,' atebais, a'i adael ar hynny.

Cefais noson ddi-gwsg arall, yn meddwl pa mor anodd y byddai cymryd arnaf fod yn ddynes, ac yn dychryn rhag yr hyn roedd yn rhaid i mi ei wneud

drennydd. Pendwmpian fues i, gan lithro o un hunllef i'r llall – hunllefau'n llawn gwenyn ffyrnig, tai wedi'u meddiannu gan ysbrydion a gwrachod a rheiny'n crechwenu, a jagwar du, rheibus, llygaid gwyrdd yn rhedeg ar fy ôl drwy'r jyngl.

Bore drannoeth doedd arnaf ddim owns o awydd mynd i fwydo Begw. Ceisiais fy narbwyllo fy hun nad oedd ots 'mod i wedi addo. Gallai Begw ymorol drosti'i hun – gallai ddal ambell lygoden, llofruddio robin goch neu ddau . . . Doedd dim angen fi arni i'w bwydo; byddai'n iawn. Ond pan es allan i'r ardd a'i chlywed hi'n nadu'n druenus yr ochr arall i'r ffens, gwyddwn na allwn ei gadael i lwgu. Roedd yn rhaid i mi wneud hyn; doedd gen i ddim dewis.

Roedd Dad yn y gwaith, a'r lleill wedi mynd i siopa. Rŵan amdani. Sgrialais dros y ffens ac i lawr i ganol y glaswellt tal yr ochr draw. Hisiodd Begw arnaf yn gas o ben y deial haul. Chwipiodd bawen ag ewinedd miniog i 'nghyfeiriad, wrth i mi blygu i weld a oedd y goriad o dan y pot blodyn, lle dywedodd y Frenhines Ddu y byddai. Ac mi oedd.

Fel mellten roeddwn i fyny'r grisiau

ac yn y tŷ. Curai fy nghalon yn fy nghlustiau. Roeddwn am wneud hyn mor gyflym ag y gallwn. Roedd y gôt ddu a'r het lydan yn aros amdanaf, a phâr o sbectols hefyd. Gwisgais y cyfan. Agorais dun o fwyd cath a'i wagio i bowlen, gan geisio cofio sut yn union yr oedd hi wedi galw ar Begw.

Es ati i ymarfer yn uchel yn y gegin, gan gopïo'i hacen a thôn ei llais. 'Beg Beg Begw!' galwais. 'Beg Beg Begw!' Doedd o ddim yn swnio'n iawn o gwbl.

Roeddwn ar fy ffordd allan o'r gegin i'r cyntedd, gan gario'r bowlen a'r llwy, pan gofiais am y llaeth. Dychwelais at yr oergell, tynnu potel allan a rhoi hwb i'r drws i'w gau. Roeddwn yn barod. Daliais ati i ymarfer fy 'Beg Beg Begw' yn uchel wrth i mi fynd yn ôl i mewn i'r cyntedd. Swniai'n fwy credadwy bob tro. Cariwn y bowlen yn un llaw, a'r botel laeth yn y llall. A dyna pryd y clywais rywun yn peswch.

I ddechrau, swniai fel petai rhywun

yn y tŷ. Teimlais ias o arswyd yn dringo fy asgwrn cefn. Yna gwelais gysgod y tu allan i'r drws ffrynt, drwy'r gwydr barugog. Rhewais yn fy unfan, gan ddal fy ngwynt. Dwn i ddim sut y llithrodd y botel o fy llaw, ond adleisiodd y glec drwy'r tŷ gwag, a'r adlais fel petai'n para am byth.

'Ydech chi'n iawn yn fan'na, Mrs Carter?' Y dyn llaeth! Roeddwn i'n adnabod ei lais. 'Ro'n i'n meddwl i chi ddweud eich bod yn mynd i ffwrdd am rai wythnosau.'

Gallai fy ngweld drwy'r gwydr. Allwn i ddim sefyll yno fel polyn; roedd yn rhaid i mi ddweud rhywbeth. 'Fory. Rwy'n mynd fory,' galwais, yn ei llais hi, yn ei hacen hi. 'Damwain fach, dyna'r cwbwl.' Gallwn weld ei wyneb yn pwyso yn erbyn y gwydr. 'Mae popeth yn iawn.'

Gallwn deimlo'r dyn llaeth yn petruso. 'Ydech chi'n siŵr?'

'Ydw, perffaith siŵr, diolch i chi.'

Distawrwydd hir. Yna plygodd y cysgod

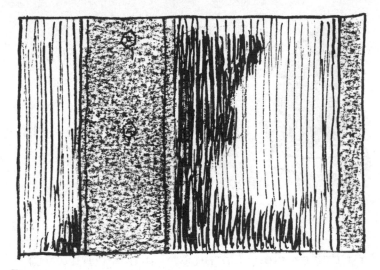

i lawr. 'Dyna ni, 'te. Dim ond wedi dod i nôl y poteli gwag. Mwynhewch eich trip.'

Clywais y poteli'n taro yn erbyn ei gilydd ac yna sŵn ei draed yn mynd i lawr y grisiau. Allwn i ddim credu'r peth. Roeddwn i wedi'i dwyllo! Wyddai o ddim mai fi oedd yno! Prin y gallwn fy atal fy hun rhag chwerthin mewn rhyddhad a gorfoledd wrth i mi sychu'r llaeth a chlirio'r gwydr. Gallwn glywed Begw'n nadu allan yn yr ardd. Os gallwn dwyllo'r dyn llaeth, meddyliais, yna gallwn dwyllo Begw. Dim ond cath oedd hi, wedi'r cyfan.

Gwnes bopeth fel y dywedodd y Frenhines Ddu wrtha i am wneud. Gan daro'r bowlen â'r llwy, es i lawr y grisiau i'r ardd a galw: 'Beg Beg Begw! Beg Beg Begw!' Yn wir i chi, daeth Begw ataf ar unwaith, gan neidio oddi ar y deial haul a llamu i fyny'r grisiau. Canai grwndi wrth fwyta, ei chynffon yn ysgwyd mewn pleser. Fe weithiodd! I Begw, fi *oedd* Mrs Carter, fi *oedd* y Frenhines Ddu. Teimlwn yn ddigon hyderus i roi mwythau iddi, a doedd hi ddim yn malio ffeuen. Es yn ôl i mewn i'r tŷ a chydio mewn potel arall o laeth. Tywalltais ychydig iddi a mynd ar fy nghwrcwd i'w gwylio'n ei lepian, gan drochi'i thafod bach pinc ynddo mor ysgafn a gofalus.

Yna o gornel fy llygad sylwais ar rywbeth yn symud! Rhiannon! Roedd Rhiannon yn syllu arnaf dros ffens yr ardd. Y cyfan y gallwn i ei weld oedd ei dwy law fach ac wyneb bach crwn a choch. Roedd ei llygaid yn fawr ac yn llawn ofn.

Gwyddwn mai dyma'r foment dyngedfennol. 'Heia!' galwais mor ddihid ag y gallwn. 'Dim ond rhoi bwyd i fy nghath. Oes gen ti gath?' Roeddwn yn swnio'n union fel y Frenhines Ddu. Anhygoel.

Doedd Rhiannon ddim fel petai'n gallu dod o hyd i'w llais am ychydig – rhywbeth anarferol iawn iddi hi. 'Mae gen i gwningen,' meddai yn y diwedd.

'Bwni fach fyw go-iawn?' llefais. 'Waw, dyna fendigedig.'

'Ie, Pwt,' aeth Rhiannon yn ei blaen, yn hapusach rŵan, 'ac mae'n mynd ar goll weithiau.'

'Ac mae gen ti frawd hefyd, on'd oes?' Roeddwn i wir yn mwynhau fy hun erbyn hyn.

'Merch yw hi,' meddai Rhiannon.

'Dy frawd?' gofynnais yn syn.

'Nage, Pwt,' chwarddodd Rhiannon. 'Bechgyn yw brodyr, gwaetha'r modd.'

Chwarddais innau hefyd, yn union fel y Frenhines Ddu, cyn mynd yn ôl i'r gegin a chwerthin nes 'mod i'n sâl. Roedd popeth mor hawdd. Tynnais ddillad y Frenhines Ddu a'u rhoi i gadw. Arhosais wrth y drws cefn nes fy mod yn hollol siŵr bod Rhiannon wedi mynd a bod neb arall o gwmpas. Yna allan â mi drwy'r drws, gan ei gloi ar fy ôl, rhoi'r goriad o dan y pot blodyn a rhedeg i waelod yr ardd. Sgrialais dros y ffens a neidio i lawr y tu ôl i'r sièd yn ein gardd ni lle na allai neb fy ngweld. Y peth olaf a welais oedd Begw ar y deial haul yn codi'i chefn fel bwa ac yn hisian yn gas arnaf. ''Run peth i ti,' meddwn, ac i ffwrdd â mi am adref.

Pennod 6
ATHRYLITH, ATHRYLITH PUR

Amser swper roedd Rhiannon mewn hwyliau da. 'Doedd dim ofn arna i,' mynnodd, 'dim o gwbwl. A tydi hi ddim yn wrach. Americanes sy'n siarad Cymraeg ydi hi, ac mae'n glên ofnadwy.'

'Wel mae'n edrych fel gwrach i fi,' dywedais wrthi (doeddwn i ddim am iddi wthio'i thrwyn busneslyd dros y ffens eto). 'Ac er dy les dy hun,' ychwanegais, 'paid â busnesa. Mi allai hi dy droi di'n froga, neu'n falwen, neu'n bry genwair.

Byddet ti'n gwneud pry genwair da hefyd.'

Roedd y teledu ymlaen ac roedd Dad am wrando arno. 'Allwch chi'ch dau ddim mynd i rywle arall i gega?' gofynnodd yn biwis.

Felly, yn lle cega, fe dynnodd Rhiannon a finnau ystumiau ar ein gilydd yn ddistaw. Eisteddai Pwt ar y soffa rhyngom ni – roedd hithau'n gwneud ystumiau â'i thrwyn.

'A dwi'n siŵr y gwnaiff o hefyd,' meddai Dad. Roedd o'n pwyso ymlaen, yn gwylio'r teledu'n ofalus.

'Be?' gofynnais. 'Pwy?'

'Curo Porffor.'

'Beth yw "Porffor"?' Doedd gen i ddim syniad am beth roedd o'n sôn.

'Cyfrifiadur yw Porffor, y cyfrifiadur gorau, mwyaf soffistigedig yn y byd mawr crwn, ac mae'r gwneuthurwyr wedi herio Greg Rosser i dwrnamaint gwyddbwyll. Bydd yn dawel a gwranda.'

'Pwy ydi Greg . . . be bynnag?' gofynnodd Rhiannon.

'Pencampwr gwyddbwyll y byd,' atebais yn ddirmygus, gan ddechrau cymryd mwy o ddiddordeb. 'Wyt ti'n gwybod unrhyw beth, dwed?'

'Digon!' Trodd Dad atom yn gandryll. 'Caewch eich cegau a gadael i mi wrando am ddau funud, plîs!'

Ar y teledu gwelsom gip cyflym o ddyn ifanc yn dod allan o limwsîn ac yn gwibio i mewn i westy. Yna roedd y gohebydd yn siarad o flaen y camera. 'Yn ddim ond tair ar hugain oed, mae Rosser wedi bod yn bencampwr gwyddbwyll y byd ers pum mlynedd. Fe'i ganed yn Efrog Newydd, ac roedd yn blentyn rhyfeddol – yn Uchel Feistr yn ddeuddeg mlwydd oed. A nawr mae e'n ôl yn Efrog Newydd i dderbyn yr her "Dyn yn erbyn Cyfrifiadur", ac i chwarae yn erbyn Porffor, y cyfrifiadur mwyaf pwerus a luniwyd erioed. Bydd y dyn ifanc hwn a'r cyfrifiadur yn chwarae un ornest bob dydd, a'r gorau o dair gêm ar ddeg fydd yn ennill. Os bydd e'n llwyddiannus, bydd Greg Rosser yn ennill pum miliwn o bunnau. Ni chaiff yr un geiniog os bydd yn colli.'

'Mi enillith, gewch chi weld,' meddai Dad. 'Dwi'n dweud wrthoch chi, mae'r dyn yna'n athrylith, yn athrylith pur.'

Aeth ias drwof wrth i mi wylio. Roeddwn yn gwybod; yn gwybod yn iawn! Rhoddais ddau a dau at ei gilydd, fel petai. Rhif 22 drws nesaf. Y Frenhines Ddu. Rhaid mai Greg Rosser oedd ei mab. Oni ddywedodd hi ei fod o wedi colli'i 'bwyll' ynghylch

gwyddbwyll? Dyna pam roedd y byrddau gwyddbwyll ym mhobman. *Fo* oedd biau nhw. Ac oni ddywedodd hi ei bod yn mynd i Efrog Newydd i fod gyda'i mab, ac am bythefnos hefyd? Roedd popeth yn ffitio'n berffaith. Y ddynes drws nesaf, Mrs Carter (enw ffug yn sicr i chi), y Frenhines Ddu, oedd mam pencampwr gwyddbwyll y byd! *Rhaid* mai hi oedd hi.

Bu ond y dim i mi ollwng y gath o'r cwd. Roeddwn bron â marw eisiau dweud wrth bawb. Ond gwyddwn na allwn i. Gwyddwn na ddylwn i. Pe bawn i'n dweud, byddai'n rhaid i mi ddweud

y stori i gyd, cyfaddef popeth, yr holl gelwyddau a'r gwisgo fyny, fy holl smalio ac actio.

Gorffennodd y newyddion a diffodd-odd Dad y teledu. 'Wel, Bryn,' meddai gan droi ataf. 'Ti fydd yn bencampwr mewn deng mlynedd, os gwnei di ymarfer. Pum miliwn o bunnau am bythefnos o waith. Ddim yn ddrwg. Ac mi lwyddith Greg hefyd, gei di weld.'

Doedd y dyddiau nesaf ddim yn rhai pleserus o bell ffordd. Roedd hi'n mynd yn fwyfwy anodd cael cyfle i sleifio drws nesaf i fwydo Begw. Nid bod neb yn amau dim, ond roedd rhywun arall yn y tŷ erbyn hyn hcfyd. Roedd Nain wedi dod i aros atom yn ein cartref newydd am y tro cyntaf, felly roedd yna bâr arall o lygaid o gwmpas y lle. Ond rywsut llwyddais i ddiflannu'n ddistaw bach ryw ben bob dydd, sleifio tu ôl i'r sièd a sgrialu dros y ffens i ardd y Frenhines Ddu. Unwaith roeddwn i yno teimlwn yn ddigon diogel, ond rŵan, bob tro yr awn i mewn i Rif 22, cawn fy mhoeni

gan dcmtasiwn enfawr. Teimlwn ysfa fawr i chwilio drwy'r tŷ am dystiolaeth a fyddai'n cadarnhau fy namcaniaeth ynghylch ei mab. Roeddwn i bron â thorri 'mol eisiau sbecian i mewn i un o'r ystafelloedd ffrynt, neu hyd yn oed sleifio i fyny'r grisiau i'r llofftydd. Ond feiddiwn i ddim.

Roedd gormod o ofn arnaf – ofn y byddai rhywun yn fy ngweld drwy'r ffenest; ond yn fwy na hynny roedd arnaf ofn y tŷ. Doeddwn i ddim yn hoffi bod ynddo. Roedd yn dywyll ac yn wag ac yn oer – yn union fel tŷ llawn ysbrydion fy hunllefau. Bob tro yr awn i mewn roeddwn am fwydo Begw'n gyflym a'i heglu hi oddi yno.

Doedd bwydo Begw byth yn broblem. Cyn gynted ag yr oeddwn wedi gwisgo'r gôt, yr het gantel lydan a'r sbectol, roedd hi fel petai yn fy nerbyn yn llwyr fel Mrs Carter, y Frenhines Ddu. Roedd hi wrth ei bodd efo fi. Ceisiai fy nilyn i fyny'r grisiau yn ôl i'r tŷ hyd yn oed a byddai'n rhaid i mi ei hel hi i ffwrdd. Cadwn fy llygaid ar agor am Rhiannon bob tro. Ond dwi'n meddwl i mi lwyddo i'w dychryn, oherwydd welais i mo'i hwyneb hi dros y ffens eto.

Doedd y newyddion o Efrog Newydd ddim yn galonogol iawn. Roedd Porffor wedi ennill y pedair gêm gyntaf. Ni allwn beidio â meddwl pa mor siomedig y byddai'r Frenhines Ddu o weld ei mab yn colli, a hithau wedi mynd yr holl ffordd i Efrog Newydd.

Bob tro y collai Greg Rosser, âi Dad i deimlo'n fwy digalon. Darllenai'r hanes yn y papur newydd ac yna'i roi o'r neilltu yn ddi-hwyl. 'Tydi hyn ddim fel fo,' dywedai. 'Ddim fel fo o gwbwl. Mae'n gwneud un camgymeriad ar ôl y llall, camgymeriadau syml. Tydi Greg Rosser byth yn gwneud camgymeriadau.' Ac yna byddai'n rhoi'r bai ar Porffor. 'Yr hen gyfrifiadur 'na sy'n ei ddarfu rywsut. Mi wnaiff yn well fory, gei di weld.'

Ond roedd fory wastad cyn waethed. Yn fuan roedd hi'n chwe gêm i ddim. Pe collai Greg Rosser drannoeth, dyna'i diwedd hi.

Ond drannoeth symudodd y cynnwrf o Efrog Newydd yn ôl adref. Roeddwn i wrthi'n bwydo Begw yn hwyr y noson honno pan welais Pwt yn eistedd yng nghanol glaswellt tal Rhif 22, yn pori'n hapus. Rhaid ei bod wedi dod o hyd i ffordd arall drwodd. Doedd Begw'r gath ddim hyd yn oed wedi'i gweld eto – doedd honno'n cymryd dim sylw o ddim byd heblaw ei bwyd.

Tybiais mai'r peth gorau fyddai gwneud rhywbeth cyn iddi sylwi arni, a chyn i rywun ddod i chwilio. Rhedais i lawr y grisiau, codi'r gwningen, dringo i ben y rowlar rhydlyd yn ymyl y ffens ac edrych drosodd. Roedd Rhiannon yn dod allan i'r ardd, yn beichio crio ac yn galw ar Pwt.

Roedd o'n beth peryglus i'w wneud, ond roeddwn mor hyderus yn y dillad fel y gwyddwn y gallwn ei thwyllo. 'Hei, ti!' galwais. 'Wyt ti wedi colli rhywbeth?'

Peidiodd â chrio'r eiliad y gwelodd fi a dechrau camu'n ôl. 'Pwt,' meddai, 'fy nghwningen. Dwi ddim yn gallu dod o hyd i fy nghwningen.'

Codais Pwt gerfydd ei gwar. 'Hon ydi hi?' gofynnais.

Gallwn weld ei bod yn dal yn ansicr ohonof, ond er hynny daeth draw, estyn i fyny a chymryd Pwt. Dwi ddim yn meddwl iddi feiddio hyd yn oed edrych arnaf – roedd hynny lawn cystal, debyg.

'Diolch,' meddai, gan gydio'n dynn yn y gwningen a rhedeg yn syth yn ôl i'r tŷ.

Wrth dynnu fy het rai munudau'n

ddiweddarach, clywais gloch y drws ffrynt yn canu. Sefais yno, yng nghanol y gegin, heb feiddio anadlu bron.

Canodd y gloch eto.

'Oes 'ma bobol?' Mam oedd yna! Clywais lais Rhiannon hefyd. Roedd y ddwy ohonyn nhw yno. Ac roedd Rhiannon yn gwybod 'mod i yn y tŷ; newydd fy ngweld i oedd hi. Roedd yn *rhaid* i mi fod yma.

Doedd dim modd osgoi hyn. Roedd yn rhaid i mi ddweud rhywbeth.

'Heia,' galwais. 'Mae braidd yn anodd

arnaf ar hyn o bryd. Rwy'n golchi fy ngwallt.' Roeddwn yn swnio'n union fel hi, y Frenhines Ddu, yn union fel dynes, fel Americanes wedi dysgu Cymraeg.

'Peidiwch â phoeni,' galwodd Mam yn ôl. 'Tyden ni ddim eisiau achosi trafferth. Dim ond eisiau diolch i chi mae Rhiannon a fi am ddod o hyd i'r gwningen inni.'

'Dim problem,' atebais.

'Efallai yr hoffech chi ddod draw rywbryd,' aeth Mam yn ei blaen.

'Byddai hynny'n braf,' atebais. 'Braf iawn. Diolch.'

Ac wedyn roedden nhw wedi mynd. Allwn i ddim credu'r peth. Roeddwn i wedi twyllo fy mam fy hun. Roeddwn i'n wych, yn hollol wych; ond roeddwn i'n crynu fel deilen.

Pennod 7

CHWARAE CUDDIO

Drannoeth clywsom fod Greg Rosser wedi curo Porffor am y tro cyntaf, ac unwaith y dechreuodd ennill, doedd dim modd ei atal. Pan ddeuai'r newyddion ar y teledu amser brecwast, byddem i gyd yn gwylio'n ofalus – gan gynnwys Nain, er ei bod hi wastad wedi dweud mai gwyddbwyll oedd y gêm fwyaf diflas yn y byd i gyd.

Tan rŵan, dim ond gêm fu gwydd-bwyll i mi; gêm roeddwn i'n ei mwynhau, ond eto'n ddim mwy na gêm. Rŵan roedd yn prysur droi'n obsesiwn. Daeth canlyniad gornest gwyddbwyll rhwng dyn a chyfrifiadur yn bwysicach i mi na gêm derfynol Cwpan Pêl-droed y Byd – yn bwysicach i mi nag i neb arall yn y tŷ oherwydd fy rhesymau preifat fy hun. Bob dydd roeddwn yn ysu i ddweud wrth bawb pwy oedd y Frenhines Ddu, a bod mam Greg Rosser yn byw drws nesa inni. Ond allwn i ddim. Nid bod arnaf ei hofn erbyn hyn – allai hi ddim bod yn wrach *ac* yn fam i Greg Rosser, na fedrai? Ond roeddwn wedi addo iddi na fyddwn yn dweud dim byd, ac roedd hi'n ymddiried ynof – dywedodd hynny ei hun. A beth bynnag, gwyddwn petawn i'n dweud hynny wrthyn nhw, byddai'n rhaid imi ddweud popeth. Byddai gen i dipyn o esbonio i'w wneud wedyn. Felly ddywedais i 'run gair, ond roedd hi'n anodd, yn drybeilig o anodd.

Pan glywsom fod Greg Rosser – ar ôl ennill pum gêm arall – bellach yn gyfartal â Porffor gyda chwe gêm yr un, aethon ni i gyd yn wallgof bost, gan neidio i fyny ac i lawr fel ffyliaid. Dychrynodd Pwt druan a mynd i guddio o dan y soffa.

Erbyn hyn roedd y gystadleuaeth i'w gweld ar bob bwletin newyddion ar y teledu, ac nid ni oedd yr unig rai oedd wedi eu cynhyrfu'n lân.

Wrth gwrs, dim ond rhai o symudiadau olaf pob gêm a gâi eu dangos. Eisteddai Greg Rosser ar y llwyfan lled-dywyll, a bwrdd gwyddbwyll electronig anferth y tu ôl iddo. Pwysai dros y bwrdd fel pianydd mewn cyngerdd, ei drwyn drwch blewyn oddi wrth y darnau gwyddbwyll. Pan symudai ddarn, gwnâi hynny yn union yn yr un ffordd bob tro. Eisteddai'n ôl yn ei gadair, cyffwrdd ei drwyn yn ysgafn â'i fys blaen, ac yna estyn yn bendant am y darn. Rhoddai'r tair ergyd ysgafnaf erioed i'r darn yr oedd am ei godi, tair ergyd bob tro, yna byddai'n ei symud, taro'r cloc amser ac yna eistedd yn ôl, gan blygu'i freichiau i aros i symudiad Porffor ymddangos ar y bwrdd electronig.

Pan enillai Greg Rosser, ni chodai ei ddwrn yn fuddugoliaethus i'r awyr, na gwenu hyd yn oed. Codai o'i gadair a cherdded yn syth oddi ar y llwyfan, gan lwyr anwybyddu'r gynulleidfa, a fyddai ar eu traed yn cymeradwyo'n swnllyd. Byddwn i wastad yn edrych a welwn gip o'i fam yn y gynulleidfa. A chredwn i mi ei gweld unwaith, dynes yn gwisgo du yn y rhes flaen, ond aeth y camera heibio mor gyflym fel na allwn fod yn hollol siŵr.

Noson ar ôl noson eglurai Dad symudiadau mwyaf rhyfeddol Greg Rosser i mi, a mwydro am athrylith y dyn wrth unrhyw un fyddai'n gwrando. Ni allai'r un ohonon ni wir ddeall cymhlethdodau'r gêm. Y cyfan roedden ni am ei wybod oedd pwy fyddai'n ennill. Y dyn neu'r cyfrifiadur? Greg Rosser neu Porffor?

Rhoddodd Dad gynnig ar aros ar ei draed drwy'r nos i glywed cyhoeddi enillydd y gêm olaf – y gêm dyngedfennol – ond syrthiodd i gysgu. Felly pan gododd y gweddill ohonon ni fore trannoeth i wylio'r newyddion amser brecwast ni wyddai Dad ddim mwy na ni. Roedden ni i gyd yn gwylio, yn gwylio ac yn aros. Yna daeth o'r diwedd:

'Gwyddbwyll. Ac mae Greg Rosser wedi llwyddo! Neithiwr curodd Greg Rosser, pencampwr gwyddbwyll y byd, y cyfrifiadur Porffor yng ngêm olaf yr ornest fawr. Enillodd yn y diwedd o saith gêm i chwech.'

Yna dangoswyd lluniau o Greg Rosser yn eistedd ar y llwyfan yn Efrog Newydd. Gwelsom ef yn eistedd yn ôl

71

yn ei gadair, yn cyffwrdd ei drwyn yn ysgafn, yn estyn allan, yn rhoi tair ergyd fach i'r frenhines ddu ac yna'n ei symud. Trawodd y cloc amser, ac yna clywsom ei lais yn dweud yn dawel a digynnwrf: 'Siachmat'. Roedd y gymeradwyaeth yn fyddarol. Pan safodd y tro hwn, hanner ymgrymodd i gyfeiriad y gynulleidfa, ac wrth iddo droi i adael y llwyfan cefais gip ar wên fach swil ar ei wyneb.

Meddai'r gohebydd wedyn: 'Mae'n siŵr mai dyna'r tro olaf y gwelwn Greg Rosser am beth amser nawr. Drwy ennill heddiw caiff wobr o bum miliwn o bunnau, arian y mae fel rheol yn ei roi i achosion da. Mae'n berson hynod o breifat, ac nid yw'n rhoi cyfweliadau. Diflannu fydd e nawr, fel mae'n gwneud bob tro, diflannu i'r gwynt.'

'Mi ddeudais i, yn do?' bloeddiodd Dad. 'Mi ddeudais i!' Roedd dagrau yn ei lygaid, ac yn fy rhai i, a rhai Rhiannon – ond wedi colli Pwt unwaith eto oedd hi. Daeth y gwningen i'r golwg yn fuan

wedyn – roedd Mam wedi'i chau yn y twll dan grisiau mewn camgymeriad.

Yn nes ymlaen, wrth inni glirio llestri brecwast, dywedodd Nain yn sydyn: 'All neb ddiflannu i'r gwynt. Rhaid bod rhywun yn gwybod ble mae o'n mynd. Y dyn gwyddbwyll yna, rhaid bod ganddo deulu yn rhywle. Mae gan bawb fam.' Teimlais fy hun yn mynd yn chwys oer drosof. 'Be dwi'n feddwl ydi,' aeth Nain yn ei blaen, 'mae'n rhaid bod rhywun rywle yn gwybod i ble mae o'n mynd, neno'r tad.'

'Gwrandwch, Nain,' meddai Dad, 'mae unrhyw un sydd â chymaint rhwng ei glustiau ag sy ganddo fo yn gallu diflannu heb ddim trafferth. Mae'r dyn yna'n gallu curo'r chwaraewyr gwyddbwyll gorau yn y byd, y meddyliau praffaf, a rŵan y cyfrifiaduron gorau hefyd. Ydech chi ddim yn meddwl y gall o guro pawb wrth chwarae cuddio hefyd? Os nad ydi o eisiau i neb wybod ble mae o, yna dwi'n dweud wrthoch chi, *wnaiff* neb wybod.'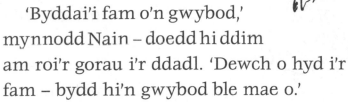

'Byddai'i fam o'n gwybod,' mynnodd Nain – doedd hi ddim am roi'r gorau i'r ddadl. 'Dewch o hyd i'r fam – bydd hi'n gwybod ble mae o.'

Dwi ddim yn gwybod pam y dywedais i o. Clywais y geiriau'n powlio allan o 'ngheg, ac allwn i mo'u rhwystro. 'Y Frenhines Ddu, yn Rhif Dau Ddeg Dau drws nesa, efallai mai hi ydi'i fam o,' dechreuais. Rhythai pawb arnaf yn gegrwth. 'Wel, mi allai fod. Mae hi wrth ei bodd â gwyddbwyll. Mae ganddi fyrddau gwyddbwyll dros ei waliau ym mhobman, fel lluniau. Dwi wedi'u gweld nhw. Efallai mai hi ddysgodd o. Ac mae hi'n Americanes hefyd, yn tydi? Americanwr ydi Greg Rosser, yndê?' Roedden nhw i gyd yn dal yn gegrwth.

'Rwyt ti wedi sbio i mewn drwy'r

ffenestri!' ebychodd Mam – roedd hi'n gandryll. 'Rwyt ti wedi bod yn busnesa!'

'Dim ond edrych wnes i. Pan ddois i o hyd i Pwt y tro hwnnw, mi ges i gip bach cyflym.' Roeddwn i wedi'i gwneud hi rŵan.

'Ddylet ti ddim fod wedi gwneud y fath beth.' Roedd Dad am roi'i big i mewn hefyd. 'Be petai hi wedi dy weld di?'

'Mae hi wedi mynd i ffwrdd,' atebais.

'Nac ydi ddim,' meddai Rhiannon. 'Mi welais hi drwy'r ffens ddoe. Mae 'na dwll ynddi. Roedd hi'n rhoi bwyd i'r gath. Cath ddu. Ei henw ydi Beg Beg Begw.'

'Dwyt ti byth i wneud hynna eto, Bryn, wyt ti'n clywed?' Doedd Mam ddim mor wyllt rŵan, ond roedd hi'n dal yn flin.

A finnau hefyd. Wedi'r cwbl, roeddwn i wedi ceisio dweud wrthyn nhw. Os nad oedden nhw'n fy nghredu i, wel eu bai nhw oedd o. Rhuthrais allan wedi llyncu mul. Roedd angen i fi adael yr ystafell beth bynnag, i mi gael llonydd i roi trefn ar bethau. Po fwyaf roeddwn i'n meddwl am y peth rŵan, mwyaf roeddwn i'n argyhoeddedig mai'r Frenhines Ddu oedd mam Greg Rosser. Byddai hi'n ôl yn ddigon buan. Mi ofynnwn iddi yn ddi-flewyn-ar-dafod.

Y noson honno arhosais nes fy mod yn hollol siŵr bod Rhiannon yn ddiogel yn y bath cyn mynd draw i fwydo Begw. Des i o hyd i'r twll bach cnotiog yn y ffens yr oedd hi wedi bod yn sbecian drwyddo, a'i lenwi â phridd – byddai hynny'n ei drysu. Ar ôl i mi ei bwydo, wnâi Begw ddim gadael llonydd i mi. Gwthiai yn erbyn fy nghoesau, yn mynnu mwy o fwyd. Rhoddais ddŵr iddi – roedd y llaeth wedi gorffen ers rhai dyddiau – ond doedd hi ddim balchach o'i gael. Yn y diwedd penderfynais y byddai'n rhaid i mi nôl mwy o fwyd iddi.

Wrth ddringo'n ôl i fyny'r grisiau, sylwais fy mod wedi gadael y drws ar agor. Yn sydyn, rhuthrodd Begw heibio

i mi. Roedd hi i fyny'r grisiau ac yn y tŷ
cyn y gallwn ei rhwystro. Doedd hi ddim
yn y gegin. Doedd hi ddim yn y cyntedd.
Galwais a galwais arni, ond doedd dim sôn
amdani. Ceisiais daro powlen â llwy, ond
doedd dim yn tycio. Roedd y Frenhines
Ddu wedi fy rhybuddio na ddylwn ei
gadael i mewn. Roedd yn rhaid imi ddod
o hyd iddi a mynd â hi allan, neu byddai'n
tynnu ar y llenni ac yn baeddu. Cerddais
ar hyd y cyntedd tuag at y drws ffrynt.
Roedd y drysau bob ochr wedi'u cau'n
dynn. Rhaid bod Begw i fyny'r grisiau.

   Es ar ei hôl. Gwichiodd y grisiau'n

frawychus. Gwibiodd cysgod tywyll ar draws y ffenest ar ben y grisiau a sgrechian fel ysbryd milain. Gallwn weld mai dim ond cangen y tu allan oedd yno, ond roedd pob gewyn yn fy nghorff yn dynn dynn erbyn hyn. Teimlai'r holl dŷ fel petai'n fyw.

Galwais eto, gan sibrwd y tro hwn. 'Run smic. Roedd tri drws yn arwain oddi ar y landin. Un yn unig oedd ar agor, a hwnnw brin yn gilagored. Rhaid ei bod

i mewn yn fan'no. Gwthiais y drws ar agor yn betrus. A dyna lle roedd Begw ar y gwely, yn gorweddian ar draws y gobennydd, gan lyfu'i phawennau a chanu grwndi'n braf. Roedd arnaf ofn y byddai'n fy nghripio petawn yn ei chodi, felly yn lle hynny ceisiais ei denu oddi ar y gwely. Ond ni symudodd. Roedd byrddau gwyddbwyll ar y waliau yn fan'ma hefyd, ac un yn ymyl y ffenest a'r holl ddarnau wedi'u gosod yn eu lle. Yna fe sylwais ar luniau mewn fframiau ar y silff ffenest. Gwyddwn na ddylwn i, ond es draw i edrych arnynt.

Roeddwn yn iawn! Fo *oedd* o! Ei mab hi oedd o. Greg Rosser, pencampwr gwyddbwyll y byd – a'r un wên swil ar ei wyneb, yn codi cwpan arian uwch ei ben. Roedd yna lun ohono'n sefyll y tu allan i ddrws ffrynt rhyw dŷ, a'i fraich o gwmpas ei fam; roedd ei gwallt yn llawer hirach y dyddiau hynny, ac wrth

gwrs fe edrychai'n llawer iau. Mewn llun arall roedd o'n fachgen ifanc, yn dangos medal o gwmpas ei wddf ac yn gwenu'n hapus drwy ddannedd bylchog.

Yn sydyn cododd Begw ar ei thraed a neidio oddi ar y gwely. Gwelais pam yn syth. Yn y drws safai Mrs Carter, y Frenhines Ddu, mam Greg Rosser, a doedd hi ddim yn edrych yn hapus.

Pennod 8

SIACHMAT

'Dim ond edrych oeddwn i,' meddwn. Doedd hi ddim fel petai'n fy nghoelio i. 'Bai Begw oedd o. Mi ddaeth i fyny'r grisiau. Allwn i mo'i stopio hi. Wir yr. Ac roedd hi'n gwrthod dod i lawr.'

Ddywedodd hi 'run gair, dim ond gwgu arnaf. Roeddwn yn falch nad oeddwn yn gorfod dweud celwydd, achos mi wyddwn y byddai'i llygaid wedi canfod y gwir. Rhwbiai Begw yn erbyn ei choes yn ddedwydd, a meddyliais tybed pa mor gyflym y byddai'n sylweddoli na allai'r ddau ohonon ni fod yr un person.

Dal i sefyll yno'n dawel oedd y Frenhines Ddu. Roedd yn gas gen i'r tawelwch, felly parablais ymlaen. 'Fo ydi o, yndê? Yn y lluniau. Eich mab chi. Greg Rosser ydi o, yndê? Ryden ni wedi bod yn ei wylio ar y teledu. Mae pawb wedi bod yn gwylio. Yr holl fyrddau gwyddbwyll yna, ac mi ddywedoch chi ei fod o wedi colli'i bwyll ynghylch gwyddbwyll. Ac mi ddywedoch chi eich bod yn mynd i Efrog Newydd i weld eich mab. Mi rois i ddau a dau efo'i gilydd. Dyna ble'r aethoch chi, yndê? Mi enillodd o. Mi gurodd Porffor. Mae Dad yn dweud ei fod yn athrylith, yn athrylith pur.'

Yn sydyn tynerodd ei hwyneb, ac mi chwarddodd. 'Mi gymerith fwy na rhyw gyfrifiadur gwirion i guro fy mab,' meddai.

Roedd yn gymaint o ryddhad ei

chlywed yn siarad, a sylweddoli nad oedd hi wedi gwylltio efo fi. Cerddodd heibio i mi at y ffenest ac edrych allan.

'Mae'n braf bod gartref. Hei, Bryn, tyrd i weld beth wela i.' Es ati i weld. 'Dy gwningen fach di ydi honna yn fy ngardd gefn eto, ie?' gofynnodd. Ac yn wir i chi dyna ble roedd Pwt yn pori'n hapus wrth y deial haul. 'Debyg bod yn well ganddi'r borfa'r ochr yma i'r ffens.'

Dyna pryd y trawodd fy llaw un o'r darnau gwyddbwyll yn ddamweiniol – y frenhines, y frenhines ddu. Syrthiodd y darn. 'Dyma set wyddbwyll gyntaf Greg,'

meddai hi. 'Ar y bwrdd yma y dysgodd o'r cyfan roedd yn rhaid ei wybod. Dim ond hen fwrdd gwyddbwyll ydy o, un cardbord, y rhataf oedd yn y siop. Mi gawsom eira mawr y gaeaf hwnnw, rydw i'n cofio. Rhy oer i fynd allan. Dim byd arall i'w wneud heblaw chwarae gwyddbwyll. Dim ond pump oed oedd o bryd hynny, ond roedd ei ddawn yn amlwg. Wydden ni ddim beth oedden ni'n ei ddechrau; wyddon ni byth, debyg.'

Roedd ei llaw yn dal ar y frenhines ddu. Rhoddodd dair ergyd fach i'r darn, tap tap tap. Yna fe'i symudodd.

'Siachmat,' meddai mewn llais tawel a digynnwrf. Gwenodd i lawr arnaf.

Yn sydyn gwyddwn.

Yn sydyn deallais.

Llais dyn oedd o, ei lais *o*. Roeddwn hefyd yn adnabod y wên swil, a'r tair ergyd ysgafn. Roedd hi'n anodd coelio ar y dechrau; roedd y peth yn anghredadwy. Anghredadwy ond gwir.

Nid ei fam o oedd hi wedi'r cyfan.

Hi oedd y *mab*.

Hi oedd *o*.

Hi *oedd* Greg Rosser, pencampwr gwyddbwyll y byd. A gwyddai fy mod yn gwybod. Gallwn weld hynny yn ei llygaid, a gallai hithau ei weld yn fy rhai i. Gan ddal i wenu arnaf, tynnodd ei sbectol, ac yna'i het, ac yna'i wìg.

'Weithiau, Bryn,' meddai Greg Rosser, 'weithiau rwy'n meddwl fod Mam wedi fy nysgu'n rhy dda y gaeaf hwnnw. Daeth y darnau ar y bwrdd yma yn deulu i mi; a bellach nhw yw fy holl fyd. A dyna'r unig fyd rydw i wir yn ei

ddeall, lle gallaf fod yn hapus, lle gallaf
fod yn fi fy hun. Tydw i ddim eisiau
bod yn rhan o'r byd arall y tu allan, y
byd go-iawn, tydw i ddim eisiau'r arian,
yr enwogrwydd, dim byd. Wyt ti'n fy
neall i, Bryn?'

Roeddwn yn dechrau deall.

'Tydw i byth yn aros yn unlle yn hir iawn, dim ond am rai misoedd. Mae'n fwy diogel fel yna. A beth bynnag, rwy'n hapus ar fy mhen fy hun. Rwy'n chwarae gwyddbwyll, ac yn chwarae cerddoriaeth. Y cyfansoddwr Bach – gallwn wrando ar ei gerddoriaeth ef o fore gwyn tan nos. Dyna'r cyfan sydd ei angen arna i. Rwy'n gwneud y cyfan yn fy meddwl, Bryn. Rydw i wrthi'n chwarae gêm o wyddbwyll ar bob bwrdd yn y tŷ yma, ond i fyny fan'ma yn fy meddwl. Rydw i'n chwarae yn fy erbyn fy hun – achos drwy wneud hynny rydw i wastad yn ennill a wastad yn colli, os wyt ti'n deall.

'Wyddost ti be, Bryn? Ti yw'r person cyntaf rydw i erioed wedi bod eisiau dweud y gwir wrthyn nhw. Efallai am dy fod yn fy atgoffa ohonof fy hun pan oeddwn yn ifanc. Weithiau mae rhywun am rannu ei gyfrinachau, yn tydi? Ond dim ond gyda rhywun mae o wir yn ymddiried ynddo.'

Estynnodd ei law allan a thynnu fy
het a fy nghôt. 'Fydd dim angen y rhain
arnat ti bellach, debyg,' meddai. 'Nawr,
gwell i ti fynd â'r gwningen yna adre.'

Aethom i lawr y grisiau gyda'n gilydd.
'A diolch i ti am warchod Begw i mi. Paid
â phoeni, byddaf yn mynd â hi gyda mi
pan af oddi yma. Alla i ddim disgwyl i ti
wisgo fel hen wrach gas am weddill dy
fywyd, na allaf?'

'Ydech chi'n mynd?' gofynnais.

'Symud ymlaen sydd orau, Bryn. Rydw
i wedi bod yn y fan yma yn ddigon hir.'

Dyma ni'n ffarwelio yn nhywyllwch y cyntedd, a dyna'r tro olaf i mi ei weld.

Roedd Pwt yn ddigon hawdd i'w dal. Pan gyrhaeddais adre doedd Rhiannon ddim hyd yn oed wedi sylweddoli ei bod wedi mynd. Yna rhoddodd ei llaw dros ei cheg mewn syndod a dechrau piffian chwerthin. 'Rwyt ti'n gwisgo sbectol,' gwichiodd. Ac mi roeddwn i hefyd. Dywedais wrthi fy mod wedi dod o hyd iddyn nhw yn sièd yr ardd, ac mi goeliodd fi.

Welodd neb mo'r Frenhines Ddu ar ôl hynny, na Begw'r gath chwaith. Ymhen rhai dyddiau codwyd arwydd I'W OSOD y tu allan i Rif 22. Dywedodd Mrs Jones

wrth Nain dros y ffens fod y Frenhines Ddu wedi mynd, ond doedd neb wedi'i gweld hi'n gadael. Wedi hedfan i ffwrdd ar ei hysgub fwy na thebyg, oedd awgrym gwamal Dad.

'Wel, mi roedd hi'n sicr yn un ryfedd,' meddai Mam. A dyna farn pawb. Ddaeth 'run gair o 'ngheg i. Ein cyfrinach ni oedd hi, cyfrinach Greg Rosser a minnau; a beth bynnag, gwyddwn na fydden nhw byth bythoedd wedi credu gair. Pam ddylen nhw? Doedd gen i ddim tystiolaeth.

Wythnos yn ddiweddarach atebais y drws i'r postmon. Roedd ganddo barsel inni, dywedodd. Fy enw i oedd arno. Rywsut mi wyddwn ar unwaith mai oddi wrtho *fo* oedd o. Es i â'r bocs i fyny i'r llofft i'w agor ar fy mhen fy hun. Ei set

wyddbwyll gardbord oedd ynddo. Roedd nodyn bach hefyd.

I fy ffrind da, Bryn.
Cofion cynnes oddi wrth
Greg Rosser (a Begw)

Dyna'r cyfan a ddywedai, ond roedd yn ddigon. Roeddwn bron â marw eisiau dweud wrth y lleill. Rhuthrais i lawr y grisiau ac ar fy mhen i'r gegin. Agorais y bocs a dangos y set iddyn nhw.

'Hon,' dywedais yn llawn balchder,

'yw set wyddbwyll Greg Rosser. Mae o wedi'i rhoi hi i fi.'

Chwerthin am fy mhen wnaethon nhw, wrth gwrs. Felly dangosais y llythyr, ac adrodd y stori ryfeddol. O'r dechrau i'r diwedd. Ddywedodd neb 'run gair wrth i mi siarad, ac ar ôl i mi orffen wnaethon nhw ddim byd ond syllu arnaf yn gegrwth.

Y DIWEDD

RHAGOR O DEITLAU GWYCH YNG NGHYFRES

M A D F A L L

72 tudalen
ISBN 1-902416-97-X

80 tudalen
ISBN 1-902416-96-1

80 tudalen
ISBN 1-902416-99-6

64 tudalen
ISBN 1-845120-01-9

80 tudalen
ISBN 1-84512-028-0

144 tudalen
ISBN 1-84512-029-9

Straeon smala a sylweddol mewn arddull fywiog a darllenadwy.